1ª edição – Agosto de 2024

Coordenação editorial
Ronaldo A. Sperdutti

Capa
Rafael Sanches
Juliana Mollinari

Ilustrações
Rafael Sanches

Diagramação
Rafael Sanches
Juliana Mollinari

Revisão
Alessandra Miranda de Sá
Ana Maria Rael Gamabarini

Impressão
Gráfica Santa Marta

Todos os direitos estão reservados. Nenhuma parte desta obra pode ser reproduzida ou transmitida por qualquer forma e/ou quaisquer meios (eletrônico ou mecânico, incluindo fotocópia e gravação) ou arquivada em qualquer sistema ou banco de dados sem permissão escrita da Editora.

© 2024 by Boa Nova Editora.

Av. Porto Ferreira, 1031 | Parque Iracema
CEP 15809-020 | Catanduva-SP
17 3531.4444

www.boanova.net
boanova@boanova.net

Dados Internacionais de Catalogação na Publicação (CIP)
(Câmara Brasileira do Livro, SP, Brasil)

```
Galhardi, Cleber
    Vai de Evangelho / Cleber Galhardi ; ilustração
Rafael Sanches. -- 1. ed. -- Catanduva, SP :
Boa Nova Editora, 2024.

    ISBN 978-65-86374-44-5

    1. Espiritismo - Literatura infantojuvenil
2. Evangelho - Literatura infantojuvenil
I. Sanches, Rafael. II. Título.

24-218515                                    CDD-028.5
```

Índices para catálogo sistemático:

1. Literatura infantil   028.5
2. Literatura infantojuvenil   028.5

Aline Graziele Benitez - Bibliotecária - CRB-1/3129

Impresso no Brasil – Printed in Brazil
01-08-24-5.000

VAI DE EVANGELHO

ESCRITO POR
CLEBER GALHARDI
ILUSTRADO POR RAFAEL SANCHES

Opa, tudo bem com você? Resolvi escrever um pouco da minha história e dividir algumas coisas que aprendi na vida durante esses meus dez anos.

Só que vou adiantar uma informação importante: não aprendi sozinho. Precisei dos meus pais, amigos e de outras pessoas, que apresentarei aos poucos.

AMIGOS E PAIS

Em primeiro lugar, vou fazer um alerta. Dez anos e mais alguns dias. Isso quer dizer que já passei dos dez e estou a caminho dos onze.

Por que fiz esse alerta? Por causa dos engraçadinhos que dizem que quem tem dez anos é muito novo. Então lá vai: estou com quase onze, ok?

Outra coisa: além dos adultos que me ensinaram, tenho um amigo superespecial, que me explica tudo. Ele é muito sábio. Adivinha o nome dele?

Se falou João, Antônio, Pedro, José, Vinícius, Alan, errou feio! Porque ele não é gente.

NÃO ACREDITA? POSSO PROVAR!

Outra dica: ele tem mais de 150 anos. Isso mesmo, mais de 150 anos. Na verdade, mais de 160 anos.

E continua mais vivo do que nunca. Tem uma força e um jeito todo especial de cuidar de nós. Além de ser muito, muito inteligente.

Imagina isso... Não tem corpo, tem mais de 160 anos, é muito inteligente e ainda está vivo!

JÁ SABE DE QUEM ESTOU FALANDO?

Vou dar mais um tempo para você pensar. Se quiser fechar o livro, dar uma volta e beber um copo de água enquanto tenta adivinhar, tudo bem, eu aguardo.

Não descobriu ainda? Xiiii, parece que a sua cabeça bugou.

Não tente dizer que não existe algo assim. Existe, e eu posso provar.

CANSOU?

Não vou fazer mais mistério. Tem gente que

NÃO TEM PACIÊNCIA.

Então corra para a próxima página. Meu amigo de mais de 160 anos, que não é gente, é...

VIRE A PÁGINA!

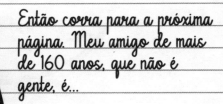

Um livro. Isso mesmo, um livro! E livro não tem corpo nem é gente, mas tem alma. Ele conversa, chama nossa atenção.

Claro que estou falando de um livro bom, né? Existem muitos livros, e nem todos são bons. Esse eu garanto que é excelente.

Meu amigo é especial. Não dá para contar minhas histórias e não falar dele.

ADVINHA O NOME DESSE AMIGO?

Antes de reclamar que faço muito mistério para dizer as coisas, vou adiantar minha resposta. Isso mesmo, faço muito mistério para dizer as coisas. Pronto, respondi.

PENSANDO

Meu amigo chama-se
EVANGELHO.
E ele tem muitos ensinamentos, que mudam nossa vida e nosso modo de pensar e agir.
Estava esquecendo, ele tem sobrenome também:
SEGUNDO O ESPIRITISMO.

Então o nome completo dele é
O EVANGELHO SEGUNDO O ESPIRITISMO.

Eu diria que ele é praticamente um
GOOGLE
que nos ensina a viver bem.

Quando tenho uma dificuldade, vou para esse
GOOGLE,
e ele logo me ensina o que devo fazer.

Está duvidando? Espera só até eu te mostrar. Depois de ler minhas histórias e o que ele me ensinou, tenho certeza de que você vai pedir um amigo desses também.

Quer ver? Vou começar contando como tudo aconteceu.
Minha mãe é uma pessoa muito legal.
SERÁ QUE EXISTE ALGUMA MÃE QUE NÃO É LEGAL?
Duvido, porque a minha sempre fala que amor de mãe é o maior amor do mundo.

E foi ela quem me apresentou o Evangelho. Graças a esse amigo, não parei de receber ensinamentos para minha vida.

Um dia, cheguei em casa desanimado. Estava muito mal com algo que tinha acontecido.

Estava mal mesmo, pode acreditar.
Sabe aquele problema que acontece
e parece que não tem solução? Era
um desses que eu tinha.

Vou falar do meu problema...

Eu tenho muita dificuldade com matemática. Estava com notas ruins, e meus pais contrataram uma professora particular. Ela era muito atenciosa e fazia as lições comigo.

Segundo ela, após vários dias de aula particular, eu estava pronto para arrasar e tirar uma boa nota. Estava tão confiante que não estudei muito depois das aulas particulares.

CHEGAVA EM CASA E IA DIRETO PARA O VIDEOGAME.

Não percebi, mas exagerei no tempo que ficava jogando e acabei me esquecendo de várias coisas que a professora tinha me ensinado.

Como você pode imaginar, deu ruim! E muito ruim! Tirei uma nota baixíssima.

NEM VOU FALAR QUANTO TIREI, AINDA HOJE TENHO VERGONHA, SABE?

Quando me lembro, bate um arrependimento muito grande, mas tudo bem.

Voltando ao assunto... Cheguei em casa e minha mãe estava lendo o Evangelho. Como foi o meu pai quem tinha ido me buscar na escola, eu já havia contado para ele.

Ela me deu um beijo e fez a pergunta que eu não queria ouvir...

— Fiquei nervoso, acho. — Em seguida, soltei a frase:

— Mamãe, eu não quero mais estudar. Acho que não nasci para isso. Matemática é muito difícil. A senhora permite que eu pare de ir ás aulas?

Não tenho certeza, mas acho que ela quase caiu da cadeira com o meu pedido. Pelo menos os óculos, tenho certeza, quase caíram do rosto dela.

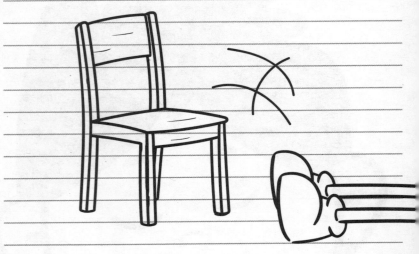

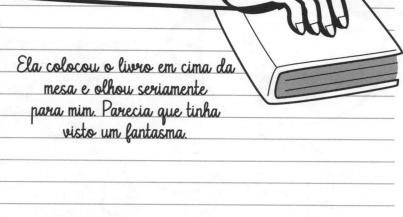

Ela colocou o livro em cima da mesa e olhou seriamente para mim. Parecia que tinha visto um fantasma.

— POR CONTA DE UMA MATÉRIA, VOCÊ QUER DESISTIR DOS ESTUDOS?

Não estou entendendo, filho. Errar faz parte do processo de aprendizado.

— É, mas no meu caso não é erro, é burrice, mesmo. Por mais que eu estude, não consigo notas boas.

Ela me olhou daquele jeito que eu não gosto. Muito séria. Fiquei aguardando a bronca. Só que não! Ela fez algo surpreendente, que iria mudar minha vida.

Fiquei confuso com aquilo. Eu com um problema enorme, e minha mãe querendo que eu escutasse o que estava escrito em uma página de um livro?

— **SIM** — Foi tudo o que eu consegui responder.

ENTÃO ELA LEU:
— "AS PROVAS TÊM POR OBJETIVO EXERCITAR A INTELIGÊNCIA, ASSIM COMO A PACIÊNCIA E A RESIGNAÇÃO; UM HOMEM PODE NASCER NUMA POSIÇÃO PENOSA E DIFÍCIL, PRECISAMENTE PARA O OBRIGAR A PROCURAR OS MEIOS DE VENCER AS DIFICULDADES." (O EVANGELHO SEGUNDO O ESPIRITISMO, CAPÍTULO 5, ITEM 26.)

Ela sorriu ao ouvir minha pergunta. Não entendi o motivo do sorriso. Então minha mãe explicou:

— Resignação quer dizer aceitar a vontade de algo superior, aceitar pacificamente algo que acontece. No seu caso, você está sendo chamado a exercitar sua inteligência, ter paciência para aprender e aceitar que é necessário continuar estudando. Entendeu?

— Acho que sim. A senhora pode me ajudar com as aulas de matemática?

— Claro. Mas vamos precisar novamente da ajuda da professora particular, ok?

— Sim. E prometo para a senhora: mais esforço, paciência e resignação, e menos videogame.

— Agora você me deixou orgulhosa, filho. É preciso ter força de vontade e não desistir de aprender.

Na semana seguinte, a professora estava novamente me dando aulas. E minha mãe, quando chegava em casa depois do trabalho, continuava os estudos comigo.

POR FIM, CHEGOU O GRANDE DIA: TINHA QUE FAZER A PROVA.

O coração disparou. Procurei lembrar os conselhos do Evangelho e tentei ter o máximo possível de paciência e inteligência.

Os dias se passaram e fui verificar minha nota de matemática.

SABE O QUE ACONTECEU?

Sim, tirei uma excelente nota! E ainda recebi os parabéns da professora! Saí da sala de aula radiante.

Obrigado, Evangelho! Até hoje falo a mim mesmo: "João, para vencer uma prova, é preciso coragem, inteligência e resignação". Olha, deu rima:

JOÃO COM RESIGNAÇÃO!

Agora preciso contar outra situação em que o Evangelho me ajudou.

ESTÁ A FIM DE OUVIR?

Quero dizer, de ler outra de minhas histórias? Essa foi complicada também, mas teve solução.

BRIGUEI COM UM AMIGO

Ele falou algo de que não gostei e por pouco não teve troca de tapas. Eu me aborreci quando ele me ofendeu dizendo que eu era chato, e depois ainda falou outras coisas que não vou repetir.

Não sou de levar desaforo para casa, e respondi com toda a minha raiva:

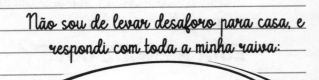

— NÃO SOU COMO VOCÊ E NÃO PRECISO DA SUA AMIZADE. TUDO O QUE ME DISSE, TAMBÉM PENSO A SEU RESPEITO.

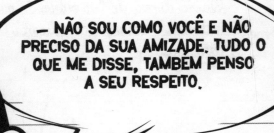

Ele resmungou algo que não entendi. Saí de perto para não fazer algo pior. Mas, antes, dei um empurrão nele.

Fui para casa e não parava de pensar na discussão. Tive vontade de mandar um whats para ele e falar tudo o que eu pensava. Fiquei com muita raiva. Foram dois dias querendo discutir novamente, e quase fui conversar com ele para despejar tudo o que tinha vontade.

Quando estamos com raiva de alguém, não paramos de pensar na pessoa, não é verdade? Como sempre, meus pais perceberam.

Toda segunda-feira temos o hábito de nos reunir e fazer algo que chamamos de Culto do Evangelho no Lar. Para quem não sabe, funciona assim: lemos o Evangelho, e cada um faz um comentário a respeito. Depois de uma prece, é claro.

Naquele dia, meu pai era o encarregado da leitura. Ele abriu o livro ao acaso e leu sobre "A cólera". Em determinado trecho do Evangelho, está escrito:

"SE IMAGINASSE QUE A CÓLERA, NÃO RESOLVE NADA, ALTERA SUA SAÚDE, COMPROMETE MESMO SUA VIDA, VERIA QUE É SUA PRIMEIRA VÍTIMA..."
(*O EVANGELHO SEGUNDO O ESPIRITISMO*, CAPÍTULO 9, ITEM 9.)

Meus pais ficaram preocupados com minha briga. Então, meu pai começou a explicar:

— RAIVA TODOS NÓS SENTIMOS. A DIFERENÇA ESTÁ ENTRE SENTIR RAIVA E SE DEIXAR LEVAR POR ELA. QUANDO SENTIMOS RAIVA, NÃO QUER DIZER QUE TEMOS DE AGREDIR ALGUÉM.

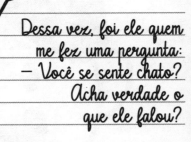

Dessa vez, foi ele quem me fez uma pergunta:
— Você se sente chato? Acha verdade o que ele falou?

— Chato, acho que não sou. Mas tenho problemas com matemática, né? Não sou dos melhores nessa matéria.

— TER DIFICULDADE É PARTE DO APRENDIZADO.

A dificuldade quer dizer que você precisa de mais treino e dedicação. A raiva, em seu caso, surgiu como forma de defesa. Se ao senti-la você tivesse refletido, por exemplo: tenho dificuldade, sim, mas posso melhorar, teria se defendido sem a necessidade de brigar.

Depois ele continuou:

— QUANDO VOCÊ ALIMENTA A RAIVA, QUEM SOFRE É VOCÊ MESMO. É POR ISSO QUE ELA NÃO RESOLVE NADA, ALTERA A SAÚDE E COMPROMETE A SUA VIDA.

— E O QUE EU TENHO QUE FAZER?

— Na verdade, eu queria parar de pensar no Felipe.

Desta vez, a orientação veio de minha mãe:
— Perdoe. Converse com o Felipe e peça desculpas por tê-lo ofendido.
— E se ele não quiser conversar comigo? — perguntei.

— NESSE CASO, VOCÊ FEZ SUA PARTE. FIQUE EM SILÊNCIO E RESPEITE A DECISÃO DELE. ACEITE-O COMO ELE É E NÃO LHE DESEJE MAL.

Se eu fosse você, pediria a seus pais que fizessem toda semana um Culto do Evangelho no Lar. É muito bom, pois ajuda a família toda. Fale com eles sobre isso!

No dia seguinte, fiz o que conversei com meus pais. Pedi desculpas e, para minha surpresa, Felipe não só aceitou como também se desculpou. Voltamos a ser amigos, **GRAÇAS AO *EVANGELHO* E A SUAS ORIENTAÇÕES.**

Eita! Esse Culto do Evangelho no Lar salvou minha amizade e ainda me ensinou algumas coisas sobre a raiva.

Tudo melhora quando decidimos procurar um bom caminho. Fiquei satisfeito com as orientações do livro, por isso não deixo esse meu amigo, jamais.

Mas não parou por aí. Tenho mais coisas para contar sobre o que aprendi com esse amigo de mais de 160 anos.

BORA LÁ PARA A PRÓXIMA HISTÓRIA.

Olha, me lembrei de um acontecimento incrível. Marcou minha vida. Foi em um jogo de futebol, ou melhor, em um torneio de futebol. Quer saber se fomos campeões?

Fui encarregado de bater o último pênalti. Se eu errasse, perderíamos o torneio. Na verdade, seríamos vice-campeões, nada mau na teoria, mas na prática ninguém valoriza o vice. Para falar a verdade, nem eu!

Respirei fundo, olhei para o goleiro e chutei. E ele acertou o canto. Fez uma linda defesa, e nós... perdemos o campeonato.

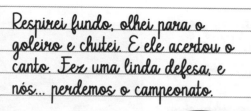

PERDEMOS O CAMPEONATO.

Saí de campo muito chateado. Todos, inclusive meu treinador, deram uma força. Porém, cheguei em casa arrasado.

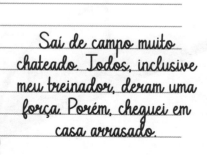

Meu pai estava assistindo ao jogo e contou para minha mãe. Ela me deu um abraço e tentou me consolar. Pena que não deu certo. Fui para o quarto e não tive dúvidas. Peguei o Evangelho para ler.

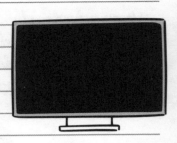

"QUANDO O CRISTO DISSE: 'BEM-AVENTURADOS OS AFLITOS, QUE DELES É O REINO DOS CÉUS', NÃO SE REFERIA ÀQUELES QUE SOFREM EM GERAL, PORQUE TODOS AQUELES QUE ESTÃO NESTE MUNDO SOFREM, ESTEJAM SOBRE O TRONO OU SOBRE A PALHA; MAS, AH! POUCOS SOFREM BEM; POUCOS COMPREENDEM QUE SOMENTE AS PROVAS BEM SUPORTADAS PODEM CONDUZI-LOS AO REINO DE DEUS. O DESENCORAJAMENTO É UMA FALTA; DEUS VOS RECUSA CONSOLAÇÕES PORQUE VOS FALTA CORAGEM." (*O EVANGELHO SEGUNDO O ESPIRITISMO*, CAPÍTULO 5, ITEM 18)

Achei as palavras de que precisava. Entendi que faz parte da nossa vida o sofrimento. No meu caso, não errei porque quis; errei tentando acertar. E ficar me lamentando seria inútil. O que me restava? Em primeiro lugar, aceitar o sofrimento; depois, levantar a cabeça e treinar mais. Fugir da responsabilidade e me trancar no quarto não resolveria o meu problema. Precisava seguir adiante.

BORA CONVERSAR COM MEUS PAIS SOBRE O QUE TINHA LIDO. SEM DESÂNIMO, QUE É O MESMO QUE DESENCORAJAMENTO.

Meus pais se surpreenderam comigo. Buscar a resposta no Evangelho tinha sido uma atitude inteligente de minha parte, segundo me disseram.

Perdi um pênalti e um campeonato, mas ganhei dois abraços e ainda me senti com vontade de treinar e melhorar. Voltei com tudo para os treinos.

Depois de uns meses, aconteceu algo novo...

A aula estava chata naquele dia. Chovia muito e a preguiça era grande. Não conseguia prestar atenção e minha cabeça estava longe... Queria chegar logo em casa e jogar videogame.

Infelizmente aconteceu algo inesperado. Os professores nos encheram de coisas para fazer. Era dever de casa e mais dever de casa.

FIQUEI FURIOSO.

Em casa, tomei uma decisão. Deixaria meus estudos para mais tarde.

FOI MEU PRIMEIRO ERRO GRAVE DO DIA.

Não contava com um pequeno imprevisto. Minha mãe. Ela foi olhar minhas anotações e viu que eu não tinha feito nada do dever de casa.

Ela interrompeu meu jogo e perguntou se eu tinha alguma lição para fazer. Respondi que não.

ESSE FOI MEU SEGUNDO ERRO GRAVE.

O QUE VOCÊ ACHA QUE ACONTECEU? UMA BRONCA DAQUELAS?

Pense nas possibilidades. A atitude de minha mãe, porém, foi surpreendente...

Ela foi para o quarto e em instantes retornou. Desligou a TV e, quando olhei para as mãos dela, lá estava o meu velho amigo Evangelho. Ela o abriu e começou a ler:

— "O DEVER É A OBRIGAÇÃO MORAL, DIANTE DE SI MESMO PRIMEIRO, E DOS OUTROS EM SEGUIDA. O DEVER É A LEI DA VIDA; ELE SE ENCONTRA NOS MAIS ÍNFIMOS DETALHES, ASSIM COMO NOS ATOS ELEVADOS. NÃO QUERO FALAR AQUI SENÃO DO DEVER MORAL, E NÃO DAQUELE QUE AS PROFISSÕES IMPÕEM." (*O EVANGELHO SEGUNDO O ESPIRITISMO*, CAPÍTULO 17, ITEM 7.)

Depois, ela se sentou ao meu lado e perguntou:
— Por que mentiu para mim? — Antes que eu respondesse, fez uma segunda pergunta:

— POR QUE FUGIU DAS SUAS OBRIGAÇÕES?

Fiquei vermelho de vergonha. Tremia por dentro, pois não tinha resposta para dar. Terceiro erro grave.

Enquanto pensava nesses três erros, desliguei um pouco da presença de minha mãe. Depois de um tempo, voltei para a realidade, e ela começou novamente nosso diálogo:

— NÃO SE ESQUEÇA DE QUE, AO PERGUNTAR SE TINHA ALGUMA LIÇÃO PARA FAZER, EU CONFIEI EM SUA PALAVRA E NA CAPACIDADE DE SER RESPONSÁVEL POR SUAS COISAS.

Nessa hora, tudo o que eu queria era cavar um buraco e entrar dentro. Não tinha como...

Ela colocou o Evangelho nas minhas mãos e disse:

— LEIA NOVAMENTE A LIÇÃO SOBRE DEVERES. MEDITE UM POUCO E FAÇA SUA PARTE.

Peguei o livro e comecei a ler. Escutei os passos dela distanciando-se sem dizer nada. Terminei a leitura e peguei meu material escolar para fazer a minha parte.

Assim que finalizei, conferi o que tinha feito e fui mostrar para minha mãe. Ela leu o que eu tinha escrito e me deu um olhar mais tranquilo.

Os dias se passaram tranquilamente...
E eu continuava com meu celular...
Não restam dúvidas de que nossa vida hoje é muito influenciada pelas redes sociais. E eu, como a maioria de nós, estou sempre conectado.

Mas não esperava que isso fosse me causar um problemão naquele dia.

Conversava com um amigo enquanto olhava as postagens de outras pessoas. Tudo muito interessante.

MAS AS COISAS MUDARAM QUANDO ME DEI CONTA DE QUE O TEMPO HAVIA PASSADO RÁPIDO DEMAIS.

De repente, minha mãe entrou no quarto enfurecida.
— Você não foi jantar, não deu satisfação e ainda está com o celular nas mãos?

Olhei assustado para ela. Realmente, não tinha jantado e muito menos percebido o correr das horas. Era tarde, e precisava acordar cedo no outro dia.

Por estar distraído, não percebi quanto minha mãe estava brava comigo. Ela foi mais enérgica desta vez:

— NÃO VOU FALAR DE NOVO. DESLIGUE ISSO E VÁ DORMIR AGORA!

Fiquei com muita raiva naquele momento. Infelizmente, acabei falando demais. Eu a ofendi, e tivemos uma discussão séria antes de eu ir para a cama.

Acordei no outro dia assim que o despertador tocou, e logo me lembrei da discussão. Como sempre acontecia quando discutia com meus pais, fiquei arrependido.

Sem saber o que fazer, recorri ao meu fiel conselheiro. Respirei, pedi ajuda ao meu anjo guardião e abri o livro ao "acaso".

"O MANDAMENTO: 'HONRAI A VOSSO PAI E A VOSSA MÃE' É UMA CONSEQUÊNCIA DA LEI GERAL DE CARIDADE E DE AMOR AO PRÓXIMO, PORQUE NÃO SE PODE AMAR SEU PRÓXIMO SEM AMAR SEU PAI E SUA MÃE; MAS A PALAVRA HONRAI ENCERRA UM DEVER A MAIS A SEU RESPEITO: O DA PIEDADE FILIAL." (*O EVANGELHO SEGUNDO O ESPIRITISMO*, CAPÍTULO 14, ITEM 3.)

Meu coração disparou. O que eu havia feito? Não tinha respeitado minha mãe nem, consequentemente, meu pai. Respirei fundo e tomei uma decisão...

Cheguei para o café da manhã e meus pais já estavam à mesa. Sentei-me e olhei para eles.
— Preciso dizer algo a vocês.

Os dois olharam para mim sem falar nada. Criei coragem e comecei:
— PEÇO DESCULPAS PELO QUE FIZ E FALEI ONTEM.

Amo vocês e não quero magoá-los. Meus lábios tremiam, e meu coração estava acelerado.

Meu pai me olhou com firmeza e respondeu:
— Sua mãe me contou sobre o que ocorreu ontem. Quando não temos limites, corremos o risco de cometer excessos. Nós também te amamos, filho, mas precisamos estabelecer limites.

Nessa hora, foi minha mãe quem tomou a palavra:

— QUEREMOS ESTABELECER HORÁRIOS PARA VOCÊ USAR O CELULAR. VAMOS DECIDIR JUNTOS.

Aceitei os horários e combinamos que eu teria meu tempo para estudar e também para usar as redes sociais. E o mais importante: consegui me desculpar com eles, e tudo ficou bem.

Graças ao meu

AMIGO EVANGELHO,

consegui entender a importância de respeitar meus pais. Precisamos conversar mais com aqueles que nos amam.

Imagine um dia frio. Agora imagine um dia mais frio ainda. Então, imagine um dia mais frio que os outros dois juntos. Foi assim que amanheceu.

FRIIOOOO

O dia? Um domingo. Meus pais me avisaram que o almoço seria na casa de um amigo deles. Apesar da minha preguiça, aceitei o convite e, na hora marcada, fui colocar um agasalho.

Comecei a escolher e, como tinha várias opções, fiquei em dúvida. Coloquei alguns em cima da cama e os observei.

Depois de um certo tempo, tudo resolvido. Fui para a sala aguardar meus pais. Enquanto os esperava, dei uma olhada nas minhas redes sociais para ver o que meus amigos tinham postado.

Meus pais apareceram e fomos para
o carro. Caía uma chuva fininha,
e isso aumentava o frio.

Ao sair da garagem, vi duas pessoas:
um garoto que parecia ter a minha idade,
e outro um pouco mais novo. Mas
algo chamou minha atenção.

— Você quer dizer que esses garotos não têm nenhum agasalho para se proteger, é isso?
E a resposta se repetiu:

— SIM, INFELIZMENTE, MEU FILHO.

Nessa hora, lembrei-me de que havia ficado em dúvida sobre qual agasalho escolher para sair. Eu possuía vários, enquanto aqueles meninos não tinham nenhum para usar. Fiquei chateado com essa situação.

Então, tomei uma decisão e falei com meus pais:
— Eu tenho vários. Posso doar alguns para eles!

Minha mãe olhou para trás, em minha direção. Enquanto isso, meu pai estacionou o carro e também me olhou.

Rapidinho, chegamos aonde estavam os garotos. Minha mãe desceu do carro comigo e fomos em direção a eles. Quando nos viram com os agasalhos nas mãos, vieram ao nosso encontro.

Após cumprimentá-los, entregamos as peças a eles. Os dois agradeceram e imediatamente vestiram nosso presente. Conversamos um pouco e em seguida retornamos ao veículo.

Dentro do carro, ainda olhei para os meninos, e a alegria deles era visível. Acenaram para nós em despedida. Minha alegria era maior que a deles. Foi muito bom ter doado algo para quem precisava.

O almoço na casa dos amigos de meus pais foi muito bom. Passamos o dia na casa deles e joguei videogame com meu amigo Tales, o filho do casal. Voltamos para casa no início da noite.

No caminho, fiquei pensando em como aquele dia tinha sido interessante. Fiquei feliz por ter ajudado aqueles garotos e por ter passado o restante do dia jogando com meu amigo.

Cheguei em casa e fui para o meu quarto. Deitei na cama e dormi um pouco, uns vinte minutos talvez.

ACORDEI E, ANTES DE IR PARA O BANHO, VI MEU AMIGO *EVANGELHO*. PEGUEI-O E O ABRI. A PÁGINA DIZIA O SEGUINTE:

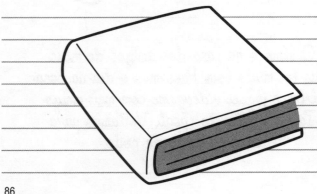

"AMAR O PRÓXIMO COMO A SI MESMO: FAZER PARA OS OUTROS O QUE QUERERÍAMOS QUE OS OUTROS FIZESSEM POR NÓS" É A EXPRESSÃO, A MAIS COMPLETA, DA CARIDADE, PORQUE RESUME TODOS OS DEVERES PARA COM O PRÓXIMO. (O EVANGELHO SEGUNDO O ESPIRITISMO, CAPÍTULO 11, ITEM 4.)

Depois que li, percebi que, se estivesse na condição deles, ficaria feliz se alguém fizesse algo assim por mim. Pretendo repetir outros gestos como esse. Faz muito bem para a alma.

Acordei e abri a janela do quarto.
Apesar de frio, o sol brilhava muito e
não havia nuvens no céu. Olhei um pouco
para aquela paisagem e depois decidi que
iria tomar o café da manhã.

Meus pais me aguardavam e me
cumprimentaram com o tradicional
bom-dia. Respondi e me sentei à mesa.

Peguei um copo de suco e uma fatia de pão com requeijão. Depois coloquei o celular sobre a mesa e comecei a assistir a alguns vídeos.

— Filho — disse minha mãe —, não é hora de celular. Faça sua refeição tranquilo; deixe o aparelho de lado. Não respondi e continuei assistindo.

Dessa vez meu pai falou:

— VAMOS COMBINAR O SEGUINTE: NADA DE CELULAR DURANTE AS REFEIÇÕES, OK? A PARTIR DE AGORA, QUANDO NOS SENTARMOS À MESA, VAMOS CONVERSAR, COMBINADO?

Percebi que ele tinha razão. Nessas horas, trocávamos ideias sobre vários assuntos. Desliguei o celular, fiz minha refeição, conversei com eles e em seguida fui para a sala com o celular nas mãos.

Estava prestando tanta atenção que me desliguei do mundo. Voltei a ele quando meu pai fez uma pergunta:

— O QUE ESTÁ ASSISTINDO? QUEM É ESSA PESSOA?

Voltei para a realidade.

– EU SIGO ESTE CANAL, É MUITO INTERESSANTE.

— Mas você sabe o que essa pessoa ensina? Já prestou atenção ao conteúdo? — insistiu ele.
Depois dessa pergunta, deixei o celular de lado e o olhei.

Desta vez, fui eu quem perguntou:

— O QUE VOCÊ QUER DIZER COM ISSO? PODE ME EXPLICAR?

Gosto de ouvir a opinião dos meus pais.

Ele me olhou e começou a falar:
— Hoje temos muitas informações nas redes sociais. Existem várias coisas boas, mas também existem pessoas que usam desse recurso para influências negativas.

INTE RES SAN TE...

Vendo meu interesse na conversa, ele continuou:
— Tenho confiança em você, mas se importa de me mostrar o que está assistindo?

Nesse momento, não gostei da pergunta. Tive a sensação de estar sendo invadido em minha intimidade. Pensei um pouco. Ele percebeu o que eu estava sentindo.

— Filho, respeito sua intimidade. Estou pedindo para ver porque me preocupo com você e sua formação. Podemos assistir juntos e conversar sobre o conteúdo.

Percebi que ele queria o meu melhor e não estava invadindo minha privacidade. Ele tinha apenas o desejo de me ensinar algo. Mostrei a ele o canal que eu seguia. Ele fez algumas considerações que achei inteligentes e passei a observar melhor as informações que recebia.

NOITE DE CULTO DO *EVANGELHO* NO LAR.

Sentamo-nos à mesa, e mamãe estava com o meu velho amigo na mão. Fiz a prece inicial. Em seguida, ela abriu o livro e leu:

— "SE VOS DISSEREM: 'O CRISTO ESTÁ AQUI', NÃO VADES, MAS, AO CONTRÁRIO, VOS PONDE EM GUARDA, PORQUE OS FALSOS PROFETAS SERÃO NUMEROSOS. NÃO VEDES AS FOLHAS DA FIGUEIRA QUE COMEÇAM A EMBRANQUECER; NÃO VEDES SEUS BROTOS NUMEROSOS ESPERANDO A ÉPOCA DA FLORAÇÃO, E O CRISTO NÃO VOS DISSE: SE RECONHECE UMA ÁRVORE PELO SEU FRUTO? SE, POIS, OS FRUTOS SÃO AMARGOS, JULGAIS QUE A ÁRVORE É MÁ; MAS SE SÃO DOCES E SALUTARES, DIZEIS: NADA DE PURO PODE SAIR DE UM TRONCO MAU." (*O EVANGELHO SEGUNDO O ESPIRITISMO*, CAPÍTULO 21, ITEM 8.)

— Hoje temos que ter muito cuidado com o que lemos e ouvimos. Muitos se intitulam mensageiros cristãos, mas na verdade não praticam a verdadeira lei do amor que Jesus ensinou — comentou meu pai.

Mamãe também disse sua opinião sobre o texto:
— Temos que pensar nas consequências das ideias que assimilamos. Uma ideia boa não induz ao egoísmo nem a qualquer gesto que prejudique o próximo. É preciso analisar as mensagens que chegam até nós.

Nesse momento, uma dúvida surgiu em minha mente. Então perguntei:

— FOI POR ISSO QUE O SENHOR, PAPAI, QUIS VERIFICAR O CONTEÚDO DOS CANAIS QUE EU SIGO?

98

Ele olhou para mim com certa admiração.
— Sim, meu filho. É importante estarmos atentos a tudo o que nos falam. Não tive intenção de invadir seu espaço, queria apenas que entendesse o que estão tentando lhe passar de informação.

Agradeci a ele por me ajudar e acrescentei:

— NOSSA, COMO É BOM ESTUDAR O *EVANGELHO*. ESTOU CADA VEZ MAIS ADMIRADO COM A SABEDORIA DESTE AMIGO DE 160 ANOS.

— Ele deve ser nosso amigo eterno, filho. É nosso guia seguro para todas as ocasiões. Siga Jesus por intermédio dele e tenha certeza de que sua vida será sempre melhor. — Foram essas as palavras de papai.

Finalizamos a leitura. Fui para o meu quarto e levei comigo o meu Evangelho. Peguei o celular e vi uma mensagem de um amigo.

Ele escreveu:

TUDO BEM? PRECISO FALAR COM VOCÊ. ESTOU COM PROBLEMAS E GOSTARIA DE UNS CONSELHOS.

Olhei para o livro que estava à minha frente e respondi:

CLARO, AMANHÃ APÓS A AULA CONVERSAMOS. VOU LEVAR UM AMIGO PARA NOS AJUDAR. NÃO ESTRANHE, MAS ELE TEM 160 ANOS.

Meu amigo digitou:
Como assim, João? Você está maluco?
Cento e sessenta anos, é isso mesmo?

KKKKKKKK, SIM TE EXPLICO AMANHÃ APÓS A AULA, CONFIE EM MIM E EM MEU AMIGO.

Ele digitou a resposta:
Certo, estou esperando ansioso para conhecer esse seu amigo. Até amanhã.

Olhei para o meu livro e pensei: "Vou apresentar meu amigo para o maior número de pessoas possível".
E você, quer conhecer meu amigo?

FIM DO LIVRO, INÍCIO DA SURPRESA!

Clique no link ou escaneie o QR code para ver o que preparamos para você!

https://youtu.be/6-XE03Hgy4g

O MISTÉRIO DA CASA

CLEBER GALHARDI
16x23 cm
Romance Infantojuvenil
ISBN: 978-85-8353-004-6

256 páginas

Uma casa misteriosa! Um grupo de pessoas que se reúnem alguns dias por semana, sempre a noite! Um enigma? O que essas pessoas fazem ali? O que significa esse código? Descubra juntamente com Léo, Tuba e Melissa as respostas para essas e outras situações nessa aventura de tirar o fôlego que apresenta aos leitores uma das principais obras da codificação de Allan Kardec.

LIGUE E ADQUIRA SEUS LIVROS!
Catanduva-SP 17 3531.4444 | boanova@boanova.net

www.boanova.net

A BUSCA
Cleber Galhardi

Juvenil
Formato: 16x23cm
Páginas: 96

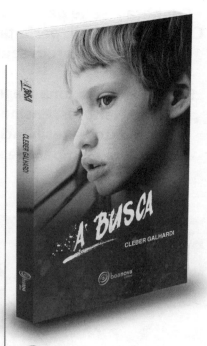

Dinho é um menino inteligente e carinhoso que mora em um lar para crianças. Nesse lar, ele tem muitos amigos; juntos, estudam e aprendem lições de vida. Seu grande sonho é conhecer seus pais e constituir uma família. O menino quer descobrir sua história para, enfim, desfrutar do mais nobre sentimento que nutre as pessoas: o amor. Embarque nessa viagem e deixe-se emocionar por uma história repleta de surpresas, que nos faz refletir sobre o verdadeiro valor de se ter uma família.

 www.boanova.net

 www.facebook.com/boanovaed

 www.instagram.com/boanovaed

 www.youtube.com/boanovaeditora

Entre em contato com nossos consultores e confira as condições.
Catanduva-SP 17 3531.4444 | boanova@boanova.net

Conheça a série de livros emocionantes do autor Cleber Galhardi, perfeita para ajudar as crianças a explorarem seus sentimentos.

Esses livros são uma viagem emocionante para os pequenos leitores, ensinando valiosas lições sobre sentimentos e resiliência. Adquira já a coleção completa e embarque nessa jornada literária

FERVI POR DENTRO

27x27 cm | 36 páginas

TREMI POR DENTRO

27x27 cm | 32 páginas

17 3531.4444 | boanova@boanova.net | www.boanova.net

Aprenda a lidar com suas emoções com o anjo guardião **Aguar**.

CALMA, VAI DAR TUDO CERTO

27x27 cm | 36 páginas

DEU RUIM... SÓ QUE NÃO!

27x27 cm | 36 páginas

17 3531.4444 | boanova@boanova.net | www.boanova.net

Ideias que transformam

Cleber Galhardi
ditado por Matheus

Ideias são componentes essenciais para guiar nossa existência; elas podem nos libertar ou nos manter aprisionados.
Ideias salutares têm o poder de nos transformar e mudar nossa vida. Sem impor verdades absolutas, Ideias que Transformam convida o leitor à reflexão e a buscar novas formas de exergar o mundo e a si mesmo.

Mensagens | 9x13cm | 192 páginas

Boa Nova Catanduva-SP | 17 3531.4444 | boanova@boanova.net

CONHEÇA O INSTITUTO BENEFICENTE BOA NOVA

SOCIEDADE ESPÍRITA BOA NOVA

Fundada em 1980, é hoje uma referência no estudo do espiritismo. Aqui, oradores e expositores de todo o Brasil realizam seminários, eventos, workshops e cursos. Além disso, toda semana são realizadas reuniões públicas.

CRECHE BOA NOVA

Criada em 1986, a Creche Boa Nova atende mais de 130 crianças entre 4 meses e 5 anos e 11 meses de idade.

BERÇÁRIO ESTRELA DE BELÉM

Mais de 40 crianças de 4 meses a 1 ano e 11 meses são atendidas no berçário mantido pelo Instituto Boa Nova.

CAMPANHAS SOLIDÁRIAS

O projeto Boa Semente atende mais de 50 famílias carentes da cidade, entregando cestas básicas e marmitas.

DISTRIBUIDORA E EDITORA

Líder no segmento espírita, a distribuidora disponibiliza mais de 7 mil títulos, e a editora Boa Nova tem os seguintes selos editoriais:

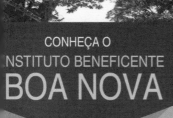

Levamos o livro espírita cada vez mais longe!

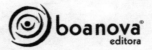

📍 Av. Porto Ferreira, 1031 | Parque Iracema
CEP 15809-020 | Catanduva-SP

🌐 www.**boanova**.net

✉️ boanova@boanova.net

📞 17 3531.4444

💬 17 99257.5523

Siga-nos em nossas redes sociais.

@boanovaed

boanovaeditora

CURTA, COMENTE, COMPARTILHE E SALVE.
utilize #boanovaeditora

Acesse nossa loja

Fale pelo whatsapp